Publications de la revue L'IDEE LIBRE, Brochure n° 24.

Docteur Madeleine PELLETIER

"In Anima Vili"
OU
Un Crime Scientifique

Pièce en trois actes

80 Centimes

EDITIONS DE "L'IDÉE LIBRE"
REVUE MENSUELLE
Abonnement 8 francs.
A. Lorulot, Conflans-Honorine, S. et O.

1920

PERSONNAGES

PAUL BERNARD, 50 ans, savant de premier ordre, homme de génie ; a fait des découvertes retentissantes. Persécuté par les envieux, il est cependant tout près des honneurs.

CHARLES DELAGE, 40 ans, élève du précédent, intelligence supérieure aussi, quoique moins brillante. Grand caractère. Au physique maigre et pâle, il a été tuberculeux.

GEORGES WAGNER, 35 ans, très inférieur aux deux autres personnages ; avant tout grand travailleur, mémoire supérieure ; un peu arriviste. Au physique, sanguin, grande force musculaire.

Un homme ; une petite fille ; un vieillard ; un chien.

" In Anima Vili "

PREMIER ACTE

La maison isolée

Dans une maison isolée de la banlieue de Paris ; un laboratoire de physiologie. Aux murs des figures représentant des cerveaux humains fortement agrandis ; grand fourneau à hotte avec cornues, ballons, appareils de chimie, longue table de dissection avec des cordes.

C'est la nuit des chiens hurlent dans la pièce voisine ; un chemin de fer passe dans une tranchée, au pied de la maison, sifflement sinistre feu rouge qui s'éloigne.

Delage et Wagner élèves de Bernard : Delage longue blouse de laboratoire, tablier : Wagner costume de ville.

WAGNER. — Cet endroit est vraiment effrayant ; j'ai fait plus d'un kilomètre sans voir une habitation et je n'ai pas rencontré un chat. Si la lune n'éclairait pas un peu, je n'aurais pas été fichu de trouver la maison, malgré les indications très précises du patron. Drôle d'idée qu'il a tout de même de venir travailler ici quand il y a tant de laboratoires au collège de France et d'y venir la nuit encore...

...Enfin, je ne sais plus qui l'a dit : *Nihil est ingenium sine aliqua stultitia*, autrement dit : il n'y a pas de génie sans quelque grain de folie. Le patron est certainement un génie, un grand génie ; il est donc forcément un peu loufoque.

DELAGE. — Ne parle donc pas aussi légèrement du maître ; il n'est pas loufoque le moins du monde et je n'ai jamais vu d'esprit mieux équilibré. Bien des savants doivent avant tout leurs connaissances à un long et patient travail ; mais lui ! Son cerveau est comme un phare ; il fait des découvertes en conversation ; un fait qui avait échappé à tous les autres et qu'il aperçoit, trois ou quatre déductions et ça y est ; voilà une grande loi physiologique mise en lumière. Avec lui, faire une découverte semble la chose du monde la plus aisée... et cependant... Moi qu'il appelle son meilleur élève je n'ai pu, malgré un travail acharné de quinze ans faire autre chose que dégager péniblement quelques conséquences de théories qu'il a élaborées, lui, en quelques heures ; au cours d'une promenade ou dans une nuit d'insomnie.

WAGNER. — Avoué tout de même qu'il a des manies bizarres. Ainsi pourquoi diable vouloir travailler dans cette baraque, à trois kilomètres de Paris, alors qu'on a tout ce qu'il faut au quartier latin. Il est professeur libre, mais il aura une chaire, il a fait trop de découvertes pour ne pas s'imposer en dépit des jaloux. Nous aussi, un jour, il faut l'espérer, nous « arriverons », il nous poussera. La drôle d'idée de venir se cacher ici pour travailler, comme si on était des conspirateurs ou des malfaiteurs. Dis ce que tu voudras, mais si le patron n'a pas le grain de toquade qui est la rançon du génie, il a tout au moins une imagination romanesque qui n'est pas le fait d'un homme absolument normal.

DELAGE. — Tu juges toujours avec légèreté, permets à ton vieux camarade de te le dire. Ce que tu trouves bizarre et romanesque n'a rien que de très naturel. Le Maître vient ici pour pouvoir pratiquer en paix la vivisection, sans être gêné par le voisinage, tu sais bien qu'on s'est plaint à cause des chiens ; il a été en but à une campagne de presse ; on a voulu lui faire un procès... Alors il a imaginé d'acheter du terrain et de faire bâtir cette maison isolée en bordure du talus du chemin de fer ; les sifflets des trains étouffent les cris des animaux et bien peu de gens savent qu'il y a ici un laboratoire de physiologie où le grand Bernard a déjà découvert plusieurs localisations cérébrales.

Wagner. — Je comprends..., mais c'est vraiment enrageant d'être obligé de perdre son temps à venir ici pour éviter les criailleries des antivivisectionnistes. Des vieilles filles, presque toujours. N'ayant pu trouver de mari, elles reportent sur les chiens et les chats leurs tendresses sans emploi. Il faudrait le dire une fois pour toutes : le public n'a pas à se mêler de nos affaires et si la fourrière nous fournit des animaux, c'est pour que nous en fassions ce que bon nous semble.

Delage. — L'opinion du public n'est pas dénuée de sens. Il est regrettable d'avoir à faire souffrir des bêtes pour faire des recherches. Tu vas peut-être te moquer de moi ; mais ce n'est pas sans répugnance que je pratique la vivisection. Ce petit chien gris, l'autre jour qui venait me lécher les mains et que j'ai attaché sur cette table pour lui ouvrir le ventre me poursuit encore ; je vois ses yeux presque humains qui semblaient me supplier. Le Maître a bien raison quand il compare la science à un salon resplendissant auquel on n'arrive qu'après avoir traversé une affreuse cuisine. Je fais taire mon cœur, je dompte mes nerfs ; mais je n'ouvre les bêtes qu'en cas de nécessité absolue. Toutes les fois que cela est possible je leur donne du chloroforme et si je puis éviter de les tuer, je le fais. Tiens, voilà justement Nénette ; je lui ai fait une fistule gastrique voilà déjà plusieurs années ; elle va te la montrer : « Fais la belle, ma Nénette ». (*Le chien se redresse et montre un petit sac de caoutchouc fixé à sa poitrine.*)

WAGNER. — Vous êtes, le patron et toi deux êtres exceptionnels. Certes, moi aussi je travaille : docteur ès sciences, docteur en médecine et je prépare maintenant le grand concours : mais enfin, j'ai aussi ma vie ; ma femme, mes enfants, tandis que vous deux ! Tu dois en rêver la nuit de ton laboratoire, hein ?

DELAGE. — Quelquefois. Bernard et moi nous sommes en effet très près par nos recherches. Tu te tromperais grandement cependant en le croyant confiné dans notre spécialité. Depuis les mathématiques jusqu'à la sociologie, il a embrassé tout le savoir humain, c'est l'Albert le Grand des temps modernes. J'essaie, moi aussi, de me donner des clartés de tout, mais je n'ai pas sa facilité, sa mémoire prodigieuse, sa rapidité d'assimilation. Ce qu'il fait en une heure, je le fais en trois, moi et péniblement.

WAGNER. — Je parierais qu'il ne te reste plus de temps pour l'amour ?

DELAGE. — Il ne m'en reste pas pour le mariage. Le mariage, cela rétrécit la vie en l'encombrant de soucis matériels. Avec le célibat, nous réduisons à leur plus simple expression les préoccupations terre à terre : au restaurant, je lis les journaux ; la nuit, quand je ne dors pas, je lis des mémoires historiques.

WAGNER. — En attendant, s'il n'y avait

que le patron et toi pour assurer la repopulation...

DELAGE. — N'es-tu pas là pour cet office. Je ne t'ai jamais dit que notre cas pouvait être érigé en loi générale. Le moyen âge avait ses moines qui, déchargés du fardeau de la vie matérielle, se consacraient tout entiers dans leurs couvents à la prière et à l'étude. Nous sommes des moines à notre façon, avec les avantages de la vie libre, sans l'asujetissement d'une règle faite pour les inférieurs.

La porte s'ouvre soudain, Bernard paraît...

BERNARD :

— Bonjour, mes amis !

Il tend la main à ses élèves ; son visage est soucieux.

BERNARD. — Il a dû vous sembler étrange, mon cher Wagner, que je vous fasse venir ici, aussi loin. J'ai ce petit laboratoire depuis une dizaine d'années ; j'y viens avec avec mon vieux Delage chercher de la tranquillité... il a dû vous dire. Si je vous ai prié de vous joindre à nous, c'est que vous êtes mon élève depuis longtemps et que vous m'inspirez confiance... C'est en effet un projet terrible que j'ai en tête depuis plus de trois ans. Je n'ai pas encore osé m'en ouvrir à personne, pas même à mon vieux Delage...

(Une pause.) Delage et Wagner attendent inquiets...

BERNARD. — Que penses-tu de Napoléon, Delage ?

DELAGE (*décontenancé par l'étrangeté de la question*). — Ce que... je pense... de Napoléon... je ne sais pas... Vous connaissez mes opinions ; je ne suis pas bonapartiste.

BERNARD (*agacé de n'être pas compris*). — Il ne s'agit pas de cela, je n'ai que faire de ta politique... Que penses-tu de Napoléon, le grand, bien entendu, comme homme, comme cerveau ; comprends-tu ?

DELAGE (*mieux au fait*). — Ah ! comme cerveau, c'est différent, j'ai la plus grande admiration ; un homme de génie, un esprit lumineux comme il s'en rencontre deux par siècle et pas toujours ; Newton, Gœthe, Darwin et... et... et... aussi (*entre ses dents*), mais je craindrais d'être pris pour un bas flagorneur.

BERNARD (*gêné*). — Non, ta vieille amitié t'aveugle. Je ne suis pas une bête, il s'en faut, je le sais, mais me mettre au rang de... (*Tout d'un coup, Bernard semble se raviser ; il a compris que cela servirait ses projets d'être considéré comme un génie par ses élèves*) ; *il reprend* : « Tu as peut-être raison, après tout ; oui, j'ai fait deux ou trois découvertes : les fonctions du foie, la région motrice du cerveau... Il se pourrait bien qu'en effet je sois un homme de génie... Mais, ton Napoléon, que tu admires tant, il a fait tuer plus d'un million d'hommes.

DELAGE. — C'est vrai, et son grand génie aurait pu s'employer à mieux qu'à ces carnages qui n'ont servi à rien et l'ont fait mourir de langueur, lui, à Sainte-Hélène. Mais enfin, quand je considère un grand homme, je fais abstraction des conséquences que ses actes ont pu avoir : je ne le vois qu'en lui-même. Pour le bien ou pour le mal, le génie est la plus belle chose qui soit au monde.

BERNARD. — Penses-tu que Napoléon pouvait avoir *le droit* de sacrifier toutes ces existences ?

DELAGE. — Le droit... évidemment non, il ne l'avait pas, personne n'a le droit de mort sur ses semblables. Les bellicistes même n'oseraient conférer, fût-ce à Napoléon, le droit de tuer. Ils ne voient que la gloire, les conquêtes, la grandeur du pays ; il ferment volontairement les yeux sur les moyens, *les effroyables moyens* du grand but. Le champ de bataille couvert de morts, Maître, c'est l'affreuse cuisine du grand capitaine ; il la traverse par force, parce qu'il veut la victoire de la patrie... ou celle de son ambition.

BERNARD. — Je vois, mes enfants, que je dois aller droit au but. Nous avons, mon cher Delage, découvert ensemble quelques localisations cérébrales. (*Au mot* ensemble, *Delage fait un geste de dénégation*). Il y a je crois beaucoup plus à faire dans cette voie : mais pour réussir, la vivisection ne suffit plus, il faudrait expérimenter... sur l'homme

WAGNER et DELAGE (*épouvantés, s'écrient ensemble*) — Sur l'homme ! ! ! !

BERNARD (*très vite*). — Oui, et c'est pourquoi je vous ai fait venir ici, Wagner. Une expérience sur l'homme est *indispensable* pour réaliser une idée... une grande découverte si cette idée est vérifiée. Alors, devant l'intérêt supérieur, la *grandeur* du but, le caractère indispensable du moyen ; j'ai pensé qu'il fallait se décider à transgresser la loi, à fouler aux pieds la morale et à expérimenter sur l'homme. Si vous me suivez, comme je l'espère, (*autoritaire*), comme j'y compte, nous allons sortir d'ici et nous poster sur la route comme des malfaiteurs. Au premier passant nous nous élançons. Tu le terrasse, Wagner, tu le bâillonne, Delage et moi je lui donne du chloroforme, il ne souffrira pas. Nous l'amenons ici, on le couche sur la table, j'ouvre le crâne et... nous verrons si ce que j'espère se réalise.

WAGNER et DELAGE (*les yeux agrandis par l'effroi, ne trouvent pas un mot*).

BERNARD. — Eh ! bien... mes amis... je vous attends...

DELAGE et WAGNER (*ensemble*). — C'est une chose impossible.

WAGNER. — Impossible, irréalisable ; c'est un crime effroyable. Vraiment, maître, si ce n'était vous, je pourrais croire...

BERNARD. — Que tu as affaire à un fou, dis-le, ne te gêne pas. Non, je ne suis pas fou ; regardez-moi, je ne crois pas en avoir l'air. Depuis 3 ans, je vous l'ai dit, je retourne cette idée dans ma tête, et il n'y a pas d'autre moyen. C'est en ouvrant le crâne d'un homme vivant que je verrai, que nous verrons si je me trompe ou non. Si je suis dans le vrai, une découverte telle qu'il n'y en a pas eu une pareille depuis celle de la circulation du sang, révolutionnera la physiologie... la pensée. (*Ici Bernard arrête la révélation prématurée qui allait lui échapper*)... J'avais cru un moment m'adresser aux autorités, leur demander un condamné à mort auquel on aurait accordé sa grâce s'il avait survécu à mon expérience ; j'ai renoncé, je me heurterais à l'incompréhension. Sans compter la presse qui verserait des flots d'encre pour dire des tas de bêtises, les sentimentaux lâcheraient leurs diatribes ; je passerai pour un monstre, ni plus ni moins, à moins que ce ne soit pour un fou. On serait capable de m'enfermer, qui sait, dans une maison d'aliénés. Je connais certain neurologiste à qui cela ne ferait pas trop de peine de rédiger pour moi le certificat nécessaire.

J'ai donc résolu d'agir en secret. Nous ferons cela cette nuit, à nous trois ; l'endroit est désert : nous avons quatre-vingt-dix-neuf chances sur cent de ne pas être pris, on coupera le cadavre en morceaux et on le détruira par l'acide sulfurique.

DELAGE. — C'est irréalisable, maître... Je comprends... vous êtes pris tout entier par votre idée, une grande idée, j'en suis certain, et qui doit être exacte, venant de votre esprit si clairvoyant. Accaparé par le but à atteindre, vous planez au-dessus des moyens sans vouloir y réfléchir. Il faudrait tuer un homme, songez-y donc, commettre un crime. Non pas livrer une bataille comme Napoléon que vous invoquiez tout à l'heure, du haut d'une colline, à coups de combinaisons tactiques; mais commettre un meurtre au coin d'une route, froidement, délibérément, sur un inconnu, peut-être un très brave homme : une père de famille que ses enfants et sa femme attendent à la maison. C'est un crime d'apache et je suis, et nous sommes tous trois des honnêtes gens. Le voudrions-nous que nous ne le pourrions pas, vous tout le premier.

WAGNER. — Et si nous sommes découverts, songez-y donc, patron : c'est un scandale épouvantabe. La cour d'assises, la prison, la guillotine... Avoir travaillé pendant tant d'années pour en arriver là. Ah ! non, patron, cela ne se discute pas. Mettez que vous avez fait un rêve, un cauchemar affreux et n'en parlons plus.

BERNARD (*impassible, certain de vaincre à la fin la résistance de ses élèves, les laisse parler.*)

DELAGE. — Peut-être pensez-vous, maître, que votre caractère, la grandeur du but atteint arrêterait la justice. Grande erreur ! Le monde ne comprendrait pas. Le nombre de ceux qui sont capables de suivre votre idée est infime et parmi nos confrères, combien d'envieux qui, enchantés de votre disparition, feraient tout pour la précipiter. Quant à ceux qui ne sont pas malintentionnés, leurs préjugés les aveugleraient. Les savants, même illustres, sont le plus souvent, leur spécialité mise à part, des hommes peu différents de la masse. Ils ont toutes les idées des hommes du commun parce qu'ils n'ont jamais réfléchi à autre chose qu'à la science dont ils s'occupent. Où trouver, pour vous défendre, l'homme réunissant au génie scientifique, la grandeur du caractère, l'audace magnifique qui le ferait se placer au-dessus des lois et de l'humanité

...Ces lois, ces mésirables lois, faites contre l'apache tenté de tuer un homme pour lui voler sa montre, ce sont elles que l'on prendrait pour juger votre meurtre sublime, je ne crains pas de le proclamer. Vous passerez pour un monstre, vous l'avez dit vous-même ; à moins que ce ne soit pour un insensé... (*Hésitant, puis assuré*) et cependant... il faut ue cette expérience soit faite, une grande découverte en dépend, vous le dites et j'en suis certain, la physiologie révolutionnée. Il faut tenter l'expérience, il n'y a pas à reculer, maître... faites-la sur moi ! ! !

BERNARD. — Sur toi ?... mon ami... mon collaborateur !... ah non, par exemple : ça, jamais, je ne veux pas et je ne pourrais pas. — Ah ! tu es chic ! vraiment chic ! et ce que tu me dis là me réconcilie avec l'humanité. Cela compense et amplement les années de persécutions dont m'ont accablé des médiocrités savantes. Mais te tuer, ah ! non ; par ma foi, je préférerais me tuer moi-même.

DELAGE. — Vous avez dit, Maître, que cette expérience est *indispensable*. Ou elle sera une grande, une très grande découverte, ou ne sera pas. Or comme nous ne pouvons pas nous transformer ainsi, d'une heure à l'autre, en criminels ; il faut bien que vous consentiez à me sacrifier. Prenez ma vie, allez, elle ne vaut pas cher: j'ai 40 ans et je suis tuberculeux, vous le savez. Qu'importe quelques années de plus ou de moins. Si j'avais été pris dans cette horrible guerre, peut-être serai-je déjà mort. Je n'ai qu'à m'imaginer que nous ne sommes pas dans ce laboratoire, mais dans une bataille. Vous n'êtes plus le professeur Bernard, vous êtes mon chef militaire, vous êtes Napoléon, que vous égalez, je vous le dis, par le génie... et vous me confiez une mission dont on ne revient pas. J'y serais allé et je serais mort, comme tant d'autres.... pourquoi faire ?.... la guerre est une stupidité... Je suis certain ici de mourir pour quelque chose qui vaille la peine. Faites ce que je vous dis, Maître, c'est la meilleure, c'est la seule solution.

BERNARD. — Oui, tu es beau, tu es grand, mon enfant, mon cher enfant; mais c'est impossible. Ma raison consentirait-elle à ton sacrifice que ma main ne la suivrait pas. Un passant, un exemplaire quelconque des vagues humanités : j'ai de la répugnance, une répugnance effroyable, mais je la domine. C'est en somme, à peu de chose près une expérience « *in anima vili* » : le passant est plus intelligent que nos chiens, évidemment, pas tant que cela. Mais te tuer, toi, détruire ton grand cerveau pour découvrir le mécanisme commun à tout cerveau humain ? jamais ; ce serait folie ; on ne sacrifie pas ainsi un spécimen tel que toi ; on le garde, on en a besoin... Quant à ta tuberculose, ne cherche pas à m'abuser ; tu sais bien qu'elle est guérie et que tu peux avoir encore de longues années à vivre. J'ai besoin de toi, de ta collaboration journalière ; j'ai perdu l'habitude de penser seul ; aussi bien je ne te tue pas, je te conserve et si je mourais je compte sur toi pour me succéder. — Allons, assez discuté comme cela, mon plan, longuement mûri est le seul acceptable; je vais aller prendre un peu l'air, pendant ce temps vous causerez entre vous, et lorsque je reviendrai, ce sera une affaire arrangée. Tu m'as comparé à Napoléon, eh bien tu sais qu'on ne discutait pas avec le grand empereur. Serait-ce parce que je ne dispose pas de la force matérielle que tu refuserais d'obéir ?... (*Il sort.*)

Les mêmes : Delage, Wagner...

WAGNER. — C'est effarant, invraisemblable j'en suis à me demander si je suis ou non éveillé ?

DELAGE (*gravement*). — Il faut marcher Wagner. Tu connais le Maître ; pour qu'il se soit déterminé à faire cela, il faut qu'il ait en tête quelque chose d'extraordinaire ; et quand il a ainsi une idée, mûrie pendant des années, lui qui a fait des découvertes en cinq minutes, c'est que l'idée est vraie. Evidemment ce que nous avons à faire est horrible : j'en tremble d'avance, mais c'est inévitable. Pense, Wagner, à ces grands conventionnels dont on a dit que les crimes étaient d'effroyables mais de nécessaires vertus.

La loi, la morale sont pour les hommes et les circonstances ordinaires, nous sommes des hommes extraordinaires nous.. lui surtout, mettons-nous à la hauteur des circonstances où nous nous trouvons placés

WAGNER. — Quoi ?... toi aussi ?... J'ai lu bien des choses sur les effets du prestige, mais jamais je n'aurais pensé qu'il puisse agir de telle façon sur un homme comme toi plein d'énergie, d'intelligence et de talent. Comment, tu vas tuer sur un ordre du patron comme les séides du Vieux de la Montagne se précipitaient du haut de la tour à la voix de leur chef ! Ma parole, je crois qu'il t'hypnotise ; quel regard il avait en partant lorsqu'il s'est comparé à Napoléon et t'a enjoint d'obéir... Allons remets-toi, mon vieux, le patron n'est qu'un homme. Sa supériorité intellectuelle ne lui confère aucun droit sur nous. Si on obéissait à Napoléon c'est parce qu'on ne pouvait faire autrement ; le pouvoir matériel a-t-il dit, mais tout est là ; sans la force effective le prestige n'est qu'un mirage.

DELAGE. — Non Wagner, je ne suis pas hypnotisé. Le Maître n'a sur moi aucune influence surnaturelle Je le respecte, je le vénère, j'ai pour son génie la plus profonde admiration ; mon énergie, mon temps, mon argent lui appartiennent ; mais je ne lui aurais pas offert ma vie, je ne serais pas prêt sur ses instances à devenir un assassin, si je n'étais pas certain qu'il s'agit d'une grande, d'une très grande découverte. Ce n'est pas l'homme qui a vaincu mes dernières résistances, c'est la chose, l'idée ; comprends-tu ? Evidemment Bernard ne peut me faire fusiller si je renonce; je puis refuser sans qu'il y ait une sanction et cependant j'accepte, parce que je sais qu'il le faut. Notre science, tu ne l'aimes donc pas, hein ! Tu n'aimes que les parchemins ! Je te comprends : tu te crois dans la raison, dans la réalité, parce que tu tiens l'argent, les décorations, les situations officielles. Je te dis moi que ma réalité vaut mieux que la tienne. Avec l'illustre Bernard je vis d'une vie supérieure : auprès de laquelle les billets de banque et ton auto ne valent pas grand'chose Si je te disais que c'est à Bernard que j'attribue ma guérison ; il ne s'en doute pas : il a réalisé sur moi un miracle de Lourdes : ma force nerveuse galvanisée par lui a eu raison de la maladie... Cela vaut bien quelques heures d'angoisse avec un risque en somme léger.

WAGNER. -- Tu as peut-être raison, mais ma foi non, je ne saurais m'élever à votre hauteur je ne suis pas l'homme qu'il vous faut, le patron s'est trompé. Je suis un bourgeois paisible, moi et la perspective de toutes les découvertes du monde ne me contraindrait pas à me mettre de propos délibéré hors la loi et la société. La Cour d'assises, la prison, la guillotine... ah ! merci, merci... ce n'est pas pour un résultat pareil que je passe la moitié de mes nuits à préparer mon agrégation. Adieu mon vieux Delage, je veux me débarrasser à tout prix de ce cauchemar horrible, je m'en vais ; tu expliqueras au patron... (*Il fait un pas vers la porte.*) Delage s'avance vers lui, le prend doucement par les épaules et le fait asseoir.

DELAGE. -- Reste un peu, j'ai encore à te parler et je vais être franc avec toi... Tu es avant tout, mon cher, un bon travailleur : tu passeras ton concours, mais après... ? En refusant tu le comprends, tu deviens impossible au laboratoire, te voilà seul, livré à toi-même et... et... tu ne seras qu'un fonctionnaire. Je suis dur mais enfin, il ne faut pas te faire illusion. Cette réalité matérielle qui seule t'impressionne, elle t'échappera. Pour s'imposer il faut faire des travaux seul, tu en es incapable ; tu resteras petit agrégé. Bernard pour n'être pas empereur n'est pas aussi dépourvu que tu pourrais croire de ce pouvoir effectif que tu prises tant ; en te laissant tomber il te brise. (*Wagner ne peut maîtriser l'émotion qui s'empare de lui, la sueur perle à son front.*) Ici, c'est une carrière brillante qui t'attend. Bernard va publier quelque chose de sensationnel ; sa gloire, sa fortune sont faites ; la mienne aussi et... la tienne. Il sera professeur, membre de toutes les académies du monde et une fois hissé il nous tirera... presque jusqu'à lui. On dira Bernard et Delage, Bernard et Wagner comme on dit Gall et Spurzeim. Nous aurons nous aussi fait de grandes découvertes... Voyons penses-y qui t'arrête : la pitié, allons donc ! Tu as passé deux ans au front, tu as participé à des charges à la baïonnette ; tu n'es pas un sentimental. Un meurtre de plus ou de moins qu'est-ce que cela peut te faire ; car c'est la même chose, entends-tu bien, la même chose, tuer à la guerre ou tuer ici, c'est toujours tuer. Entre les deux actes il n'y a qu'une différence de convention. Allons, du cœur, Wagner, pense un moment que c'est un Boche et vas-y... Le patron ne pourra plus rien te refuser quand il y aura... *cela* entre nous trois.

WAGNER (*la sueur au front.*) — Enfin... enfin... je ne sais plus... ma tête se perd...

Eh bien oui... fais ce que tu veux... (*se dominant*) après tout si cela ne marche pas, mon père est sénateur, je lui dirai tout, on étouffera l'affaire il le faudra bien, dans son intérêt. (*Bernard entre. Delage s'avance vers lui. Wagner n'a pas la force de se lever.*)

DELAGE. — Maître, nous sommes à vos ordres. (*Rideau*)

DEUXIÈME ACTE

L'attaque nocturne

Une route bordée d'arbres, obscurité presque complète, trois ombres dissimulées.

WAGNER. — Voilà une heure que nous sommes ici et il ne passe personne... Bon Dieu que je voudrais que tout cela soit fini et être de trois jours plus vieux... Ah, écoutez... il me semble entendre des pas ...mais non... mais si.. (*Les pas se rapprochent, une petite fille paraît, un lourd panier au bras; Wagner veut s'élancer, un geste de Bernard l'arrête, l'enfant s'éloigne.*)

BERNARD (*bas*). — Ah non, pas d'enfant, je ne pourrai pas... un enfant cela ne peut pas se défendre... D'ailleurs ce n'est pas le cerveau qu'il me faut, je veux un esprit qui ait vécu... (*Encore des pas, un vieillard s'approche. Bernard fait signe de le laisser passer.*)

WAGNER. — Décidément, patron, c'est vous qui flanchez maintenant : pas un enfant, pas un vieillard ; avec cela qu'il y a tant de choix sur cette chienne de route où il ne passe personne. Maintenant que vous m'avez amené là, j'aimerais autant en finir tout de suite... Ah ! encore des pas...

(Un ivrogne s'avance en titubant, il chante :

Encore un p'tit verre de vin
Pour nous mettre en route...

Bernard lève le bras, tous trois s'élancent. Lutte, chute d'un corps, cris : « Au secours... au se... puis, plus rien.)

BERNARD. — Il commence à s'endormir. Vite, vite, au laboratoire, il n'y a pas un instant à perdre. *(Ils s'en vont emportant à la hâte l'homme endormi... Au loin la voix reprend empâtée :*

Encore un... p'tit verre de vin...

(Rideau)

TROISIÈME ACTE

" In Anima Vili "

(Laboratoire. Sur la table un homme lié de cordes, un mouchoir est posé sur son visage ; odeur de chloroforme. Delage, assis de côté, verse de temps à autre sur la compresse quelques gouttes de liquide. Wagner frappe sur le crâne à petits coups avec une gouge et un maillet. Dans un coin une lampe productrice de rayons ultra-violets ; derrière, au mur, un écran ; très faible lumière. Bernard marche d'un pas saccadé.)

WAGNER. — Ah quelle besogne ! La sueur me dégoutte du front. J'ai fait deux ans de guerre et vu pas mal d'horreurs, mais jamais je n'ai été ému autant que cette fois. Il est vrai que j'avais l'excitation du combat, ma peau à sauver, tandis que faire cela ainsi, froidement... brrr ; je ne me serais pas cru aussi impressionnable.

Bernard. — Allons, du courage demain nous n'y penserons plus ou plutôt ce sera du passé. D'ailleurs, peut-être cet homme ne mourra-t-il pas ; peut-être pourra-t-on le sauver, le guérir. .

Wagner. — Le sauver ? Y pensez-vous patron, pour qu'il aille nous dénoncer ? Ah non ! Maintenant que le vin est versé, il faut le boire ; cet homme ne sortira pas vivant d'ici. Vous êtes témoins tous les deux que j'ai été le dernier à me décider, mais puisque nous en sommes là, ce n'est pas le moment de perdre la boussole et de faire la gaffe. Entre ma peau, notre peau et la sienne, pas d'hésitation... Tenez patron, c'est fini : voilà le cerveau comme il se soulève. Faut-il électriser les régions localisées ?

Bernard. — Non, inutile de refaire ces expériences connues ; nous n'avons pas de temps à perdre. Delage, disposez la lampe ; envoyez les rayons sur la partie antérieure du cerveau. (*Mouvement de l'homme.*) Donnez du chloroforme Wagner, il se réveille.

(Au dehors bruits soudains, sifflements de sirènes ; il y a une alerte à Paris, les expérimentateurs tout à leur travail n'entendent pas. Le patient émet des sons inarticulés d'une voix étrange, une voix d'enfant, puis la voix devient plus distincte.

L'Homme. — Je ne veux pas apprendre à lire, na, ça m'embête... (*Soudain, une image apparaît sur l'écran. Elle représente une salle d'école, au milieu un enfant est à genoux avec un bonnet d'âne sur la tête ; il fait des pieds de nez à l'instituteur.*)

Bernard. — Ah !... ah !... ah !... mes amis, mes amis... la voilà ! la voilà ! la pensée, l'image mentale projetée, extériorisée sur l'écran !

(Delage lâche le flacon de chloroforme qui se brise sur le parquet, Wagner s'arrête pétrifié.)

DELAGE et WAGNER *(ensemble)*. — L'image mentale matérialisée, extériorisée ; oh ! maître, maître... quelle splendide découverte !!!

BERNARD. — Oui, oui, mes amis, je suis content, je suis heureux, et je ne regrette rien ; ma conscience ne me reproche rien Qu'importe une existence humaine, quand on la sacrifie pour un résultat pareil. *(Au dehors on entend toujours la sirène, coups de canon qui vont en augmentant et en se rapprochant ; les expérimentateurs n'entendent rien. Nouveaux bredouillements du patient, puis paroles distinctes.)*

L'HOMME. — Vingt francs, entends-tu, je te dis qu'il me faut vingt francs cette nuit, autrement gare à ta peau. *(Sur la toile une image se forme lentement : un coin de boulevard extérieur, colonnes du métro, un souteneur rudoie une prostituée.)*

DELAGE. — C'est la vie de cet homme qui repasse dans son esprit, comme il arrive, dit-on, aux gens qui vont mourir. Un souteneur... résultat à part, ce n'est pas une grande perte... Ah ! maître, maître, l'image mentale, l'image mentale ! Mais comment publier votre découverte sans que l'on sache comment ? Oh ! j'ai une idée. *(Une bombe d'avion tombe assez près ; fracas épouvantable, la maison tremble.)*

WAGNER. — Qu'est-ce que c'est que cela ?

DELAGE. — Les gothas, je crois... ah ! nous avons d'autres chats à fouetter... Ce qu'il faudrait, maître, ce serait une excitation qui puisse atteindre le cerveau au travers du crâne. En unissant les rayons *N* aux rayons ultra-violets peut-être pourrait-on. (*Raffales d'artillerie*). Delage.... Ils sont assommants, à la fin, avec leurs alertes, plus moyen de travailler tranquillement chez soi.

Bernard. — Si tu appelles travailler tranquillement... ce que nous faisons ? Elle arrive au contraire bien à point cette alerte, elle tranquilliserait ma conscience, si ma conscience avait besoin d'être tranquillisée. Bien des gens meurent en ce moment, pour un résultat illusoire. La mort de cet homme stupide et mauvais sera ce qu'il aura fait de mieux dans toute sa vie... et moi quel pauvre criminel je fais, en regard de ceux qui ont déchaîné ce cataclysme. Au milieu de l'immense charnier qui couvre le nord de la France, je place par la pensée ma victime ; elle y est comme une goutte d'eau dans la mer.

(*Un atelier pénitentiaire apparaît sur l'écran, mais cette image est floue.*)

Bernard — Voyez comme l'image mentale s'affaiblit ; c'est la mort qui arrive.

L'Homme. — Seigneur, Seigneur, pardonnez-moi : j'ai été un misérable : j'ai assassiné la femme qui... (*Une image impossible à distinguer apparaît sur l'écran, puis tout s'éteint ; la voix se tait.*)

Bernard (*se penchant sur l'homme*). — Il est mort... Les sentiments religieux de son enfance lui sont revenus à la minute suprême... Il aurait assassiné, a-t-il dit... Moi aussi, *maintenant*, j'ai tué un homme... (*se ressaisissant*). Allons, Bernard, pas de faiblesse ; vais-je descendre au niveau de celui-là ? (*Il montre le cadavre d'un geste méprisant.*)

DELAGE. — L'image mentale, Maître, l'image mentale ; c'est à elle seule que vous devez penser. Qu'importe la foule des petites vies sacrifiées ; la vie des pauvres animaux, l'existence vulgaire de cet homme inférieur. Leurs destructions ont été les antécédents nécessaires de la splendide cause finale ; la grande loi qui vient de se révéler à nous.

WAGNER. — Maintenant il faut pourvoir à notre sécurité ; j'aperçois dans le coin une bonbonne pleine d'acide sulfurique ; nous allons... (*Fracas plus épouvantable que les autres fois ; le laboratoire est pulvérisé ; obscurité complète.*)

(*Bientôt un peu de lumière éclaire la scène; elle est jonchée de débris ; la table est renversée ; à terre plusieurs corps...*)

BERNARD (*se soulevant péniblement*). — Quoi ? Qu'est-il arrivé ? Ah ! oui, l'image mentale se met debout tout à fait... Voyons, suis-je fou ? Qu'est-il arrivé ? Ce n'est pas l'expérience qu'... ; un accident... ; une explosion... (*Au dehors on sonne la berloque...*)

BERNARD — Ah ! oui, l'alerte ; une bombe est tombée sur la maison ; mes amis ; Delage ! Delage !!!

DELAGE *revient à lui, Bernard l'aide à se relever.* — Vous venez me réveiller, Maître, mais si... mais non... mais si..., l'expérience; ah! l'admirable découverte... Mais qu'y a-t-il? mon bras me fait mal, je ne puis le mouvoir. (*Il le tâte*)... Maître, j'ai une fracture de l'avant-bras...

BERNARD — Et félicite-toi de n'avoir rien de plus ; une bombe a écrasé la maison... Mais j'y pense... Et Wagner... (*Appelant : « Wagner ! »... Pas de réponse.*)

(*Bernard et Delage cherchent leur ami ; ils le retrouvent sous un monceau de débris ; il est mort.*)

DELAGE, *stupide.* — Mort !!!

BERNARD *va vers la table et coupe quelques cordes.* — L'homme a la tete en bouillie, on ne verra rien !

Un vieux portefeuille traîne à terre.

Bernard le ramasse et l'ouvre). — Ah ! les papiers de cet homme ; brûlons-les. (*Il les brûle.*)

BERNARD, *se ressaisissant tout à fait.* — Maintenant il faut partir ; aller prévenir les parents de ce pauvre Wagner et faire remettre ton bras. On expliquera de façon quelconque la présence de l'homme, personne ne se doutera de rien, c'est évident. Sans plus tarder, nous irons au laboratoire creuser ton idée d'excitation du cerveau au travers du crâne. (*Souriant un peu.*) Cette fois je consens à ce que tu me serves de sujet.

DELAGE *jette son bras autour du cou de Bernard et l'embrasse.* — Ah ! Maître, l'image mentale extériorisée ; quelle admirable découverte !

(RIDEAU.)

Doctoresse PELLETIER.

◆ ◇ ◇

www.ingramcontent.com/pod-product-compliance
Ingram Content Group UK Ltd.
Pitfield, Milton Keynes, MK11 3LW, UK
UKHW020540180726
13839UKWH00006B/2630

9 782329 172248